MAGGIE ADERIN-POCOCK:
SPACE SCIENTIST

Jo Nelson

Illustrated by **Charley Fears**

Houghton Mifflin Harcourt

Maggie Aderin -Pocock: Space Scientist was originally published in English in 2016. This edition is published by arrangement with Oxford University Press.

Printed in China

ISBN 978-0-358-26312-8

1 2 3 4 5 6 7 8 9 10   XXXX   28 27 26 25 24 23 22 21 20 19

4500000000   A B C D E F G

Acknowledgments

Series Editor: Greg Foot
Inside illustrations by Charley Fears

The publisher would like to thank the following for the permission to reproduce photographs: **Cover:** BBC Photo Library; **p9t, p18, p33:** Maggie Aderin-Pocock; **p4:** David Rose; **p7:** WENN Ltd/Alamy; **p8:** Moviestore Collection/Rex; **p9c:** NASA; **p9b:** Steve Schapiro/Corbis; **p14-15:** Steffen Schnur/Getty Images; **p16:** www.studyshots.co.uk; **p20:** Alan Crawford/Getty Images; **p22:** David Oakley/Arnos Design Ltd & Gemini Observatory; **p24-25:** Gemini Observatory; **p29:** Eden/Rex; **p30-31:** ESA-P.Carril; **p30b:** NASA; **p33:** Jack Sullivan/Alamy; **p34:** BBC Photo Library; **p35r:** Alpha Press; **p35l:** BBC

Houghton Mifflin Harcourt Publishing Company
125 High Street
Boston, MA 02110
www.hmhco.com

CONTENTS

WHO AM I?

My name is Maggie Aderin-Pocock, and I am a space scientist who loves to share my passion for science with everyone.

I also build complex machinery to send into space. This helps us to understand our planet and the universe around us.

This means that I get to travel across the country and around the world, giving lectures and making television programs that explain my ideas about science.

Being black and female means people are sometimes surprised that I am a scientist, but it is the job I dreamed of as a child. Since I was young I have always wanted to travel into space. It was a mad idea for a **dyslexic** kid sitting at the back of the class at school! It was inspired by a children's program that I used to watch, and it's an idea that has made a real difference to my life.

I might not have reached my goal of getting to space yet but I am still hopeful. I have found that by having such a far out, crazy dream I have been driven to achieve much more than I would have thought possible as a child!

In my life so far I have met Queen Elizabeth II and traveled many times around the world with my daughter. I have worked on systems that **detect** landmines (bombs that can hurt children and adults), and I have built machines that look into the hearts of distant stars.

I would love to share my story so that it might inspire you not to give up on your own dream, no matter what it is. I hope that you have as much fun trying to achieve your dream as I have. Happy adventures!

Maggie

A MOON BABY

At the age of three, Maggie sat watching a children's animated television show called *Clangers*, and fell in love with space. She was fascinated by the idea of other worlds and desperately wanted to explore them for herself.

The Clangers are a fictional family of mouse-like creatures who live on a peaceful, distant planet. Each episode of *Clangers* invites the viewers to travel across the endless stretches of outer space using their imaginations.

Maggie was born in north London in 1968. Her parents were Nigerian and Maggie was the third of their four daughters. When Maggie was four years old, her parents divorced. The break-up was difficult for everyone, but Maggie found her own way of coping. She would use her imagination and escape into space.

The Clangers weren't Maggie's only source of inspiration. Around the time Maggie was born, the first mission to send people to the Moon was being planned. In 1969, as Maggie was taking her first wobbly steps, Neil Armstrong and Buzz Aldrin were taking a giant leap for mankind. As Maggie toddled about, the images and excitement of the Moon landings were all around her.

As Maggie grew older, there was another television program that she loved to watch: *Star Trek*. She eagerly followed the adventures of the starship *Enterprise*. The crew's mission was to boldly go where no man had gone before. Maggie decided that was where she was going too.

> " *I find the Moon **mesmerizing**. It's probably a nasty place to live – there's no **atmosphere** and you'd have to walk around in space suits all the time – but at the same time it's so beautiful!* "

AIMING HIGH

Throughout her childhood, the mysteries of the night sky were a welcome distraction for Maggie. When her parents split up, they couldn't agree on where their daughters should live. Maggie found herself moving around London from one house to another. She ended up going to 13 different schools in 14 years.

On top of that, Maggie was finding it hard to read and write, and at the age of eight she was diagnosed with dyslexia.

> 66 I found school very frustrating. At home I felt quite bright but with the reading and writing I felt very dumb in the classroom. Things that the kids around me did with ease, I found very difficult. 99

Maggie would sit at the back of the class, not enjoying lessons at all. The one thing that got her excited was the idea of space travel. When a teacher asked Maggie what she wanted to be when she grew up, she instantly replied, "An astronaut!"

At that time, in the 1970s, only one woman had ever been in space. It seemed very unlikely that little Maggie would ever become an astronaut. "Why don't you want to be a nurse instead?" the teacher suggested.

Maggie's mother had other ideas. She thought that Maggie should be an actress!

> " Space appealed to me because life seemed very challenging on Earth at times. "

WOMEN IN SPACE

1963 — Valentina Tereshkova is the first woman in space.

1982 — Sally Ride is the first U.S. woman in space.

1983 — Nearly 20 years go by before another Russian woman, Svetlana Savitskaya, goes into space.

1991 — Mae Jemison is the first black woman to go into space.

1992 — The first British person in space is a woman, Helen Sharman.

ASKING QUESTIONS

Reading and writing might have been hard for Maggie, but that didn't stop her from asking questions.

How do rockets get into space?

How does the Earth move?

How many other planets are there?

Maggie would pester her father with questions, but he didn't always have an answer. Instead, he would take her to the library to find out more.

In the 1970s, when Maggie was a child, you couldn't just go online to answer a question. Most families didn't own a computer, and the Internet wasn't available for everyday use until the 1990s. So Maggie would come home armed with a pile of books and leaf through them.

Education was very important to Maggie's father. He had moved from Nigeria to England with the dream of becoming a doctor, but it hadn't worked out. That was one of his biggest disappointments in life. His other big disappointment was not having a son. Maggie decided she could fill that gap. "I'll be a boy like no other boy," she told him.

Maggie's father hoped that his daughter might study medicine, but Maggie had no intention of being a doctor. She was, however, beginning to discover a talent for science.

The turning point for Maggie came one day at school when she was about 10. Maggie was in her usual place at the back of the class and her teacher was asking a question.

If 1 liter of water weighs 1 kilogram, how much will 1 cubic centimeter weigh?

= 1KG

$1 cm^3 = ?$

The answer seemed obvious to Maggie. Her hand shot up, but no one else's did. Maggie almost put her hand down again, but decided not to.

1 gram?

Yes!

That was a real turning point for me. I couldn't believe that dumb Maggie sitting at the back could get the question right.

SEEING THE STARS

Maggie became more and more interested in science. She would read about it at school and continue reading about it at home. Her enthusiasm spread to other subjects too and her work began to improve. When Maggie next changed schools, she was asked which class she should be in. "The top one," she replied. No one questioned her and she got on fine.

Through studying science, Maggie was finding out how the world works and how people make new discoveries. She decided to become a scientist herself, and the first thing she wanted to study was ... the stars!

Stargazing in a city isn't easy. Even on a clear night, the **light pollution** from street lamps, buildings, and traffic could stop her from seeing the stars above. So Maggie would seek out big, open spaces, away from **artificial** light. As a teenager, Maggie's favorite walk home was through Hampstead Heath, one of London's biggest parks. Here, the city lights faded and the stars shone bright.

At the age of 15, Maggie saved up her allowance and bought her first telescope. She aimed it at the night sky, but the image was all blurry. To Maggie's dismay, she discovered that the telescope didn't work properly. Then she spotted an advertisement in a magazine ...

I'll make a better telescope!

MAKE YOUR OWN
TELESCOPE
ADULT EVENING CLASSES
SIGN UP NOW!

Over the following months, Maggie learned how to carefully grind her own mirror and construct her very own telescope.

“ *To create it myself and make the craters on the Moon jump out was magical.* ”

MAGGIE'S TELESCOPE

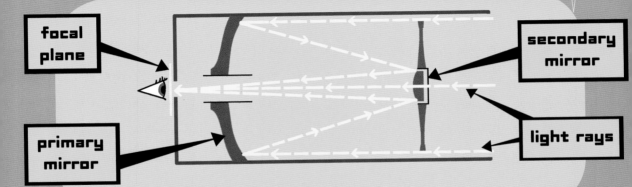

focal plane

secondary mirror

primary mirror

light rays

By the age of 16, Maggie knew she definitely wanted to go to college after she'd finished high school. There was so much more to learn! She studied physics, chemistry, biology, and math in her final two years of high school, and then got accepted at Imperial College London to study physics.

As a child, Maggie had walked past the university buildings many times, on the way to visit the Science Museum with her father. Now, aged 18, she was walking through the door as a student.

> To me, physics is the study of everything, from the smallest **particles** known to man to the edge of the universe. And I'm really inquisitive, so it was just the subject for me.

Maggie briefly imagined herself using mathematics to come up with amazing new **theories** about the universe. In reality, she was much more suited to practical experiments. She preferred working with her hands and seeing things with her own eyes.

Maggie specialized in optics – the study of light and instruments that use light, such as telescopes. She decided to study for a further degree, called a PhD, in **mechanical engineering**, so she could find other uses for optics. In Maggie's PhD studies she used light to measure very thin layers of engine oil. She used her measurements to decide which oils would work best in which engines.

The light we can see all around us is known as visible light. It can be separated out into the colors of the rainbow. Then there's light that we can't see, such as infrared and ultraviolet. The different kinds of light form part of the **electromagnetic spectrum**.

By studying the way light travels, we can find out more about how things work, both on Earth and in space.

BEING JAMES BOND

It was a proud day for Maggie's whole family when she finished her PhD and became Dr. Maggie Aderin. Now she needed to find a job where she could put her seven years of university study to good use.

Maggie was invited for an interview with the Ministry of Defense (MoD). The MoD is the part of the British government that is responsible for the country's army, navy, and air force. Maggie impressed her interviewers and was offered a job ... only they wouldn't tell her what the job involved until she accepted it. She even had to sign the Official Secrets Act, which meant promising not to give away any government secrets.

Maggie decided to risk it. She began work at the MoD and discovered that her job was to invent a **missile** warning system for pilots. Before long, Maggie found herself hanging out of the door of a plane, high in the sky, taking photos of missiles. She needed to know what approaching missiles looked like, so she could find a way for her missile warning system to detect them.

FACT FILE

A missile warning system is fixed to the outside of a plane. When it detects a missile it lets off a big, hot flare. Because missiles use heat to track down planes, the missile follows the flare instead of the plane. Meanwhile, the pilot can fly to safety.

Maggie found the job rewarding. She was glad to get the chance to save lives with her warning system, but she felt uncomfortable that other people were using science to make weapons. Working for the MoD wasn't what she'd imagined herself doing after university, but it was a good first job and there were more exciting experiences to come.

> As a scientist I expected I'd be in a lab somewhere, playing around with test tubes, but this was more like being James Bond!

FINDING HER VOICE

In 1997, Maggie was promoted within the MoD to lead a team working on landmine detection. Maggie's team was given the task of designing a handheld device that would detect landmines so they could be removed before they injured anyone.

FACT FILE

Landmines are bombs hidden in the ground which explode when somebody steps on them.

Maggie's brief:

Design a landmine detection device.

It needs to be:
— light enough to carry
— cheap to make
— able to run on very little power
— able to tell the difference between old
  pop cans and landmines.

It must include:
— a metal detector
— a **radar** that looks into the ground
— an explosives detector.

The project was a huge challenge, but one that Maggie rose to with enthusiasm. Once again, she was using science to save lives.

> " *Science affects our society in so many different ways. It's important that we understand the power of science so we can make decisions on how we want to use it.* "

There was a lot of public interest in landmines at the time, and Maggie was asked to talk about her work with politicians and journalists. Maggie discovered she had a gift for describing complicated scientific ideas in a clear and simple way. This was a skill that she would put to good use later on in life.

THE RAINBOWS OF STARS

Maggie hadn't lost sight of her dream to work in space one day. In 1999, she was asked to work on an instrument for the Gemini South telescope in Chile. Maggie jumped at the chance. She wouldn't be working *in* space, but at least she'd be collecting information *from* space.

The Gemini Observatory has two telescopes: the Gemini North in Hawaii and the Gemini South in Chile. Together they can study the whole sky.

The mirrors for each telescope are an impressive 26 feet across. That's over 50 times bigger than the one I made as a teenager.

USA

South America

Gemini North – Hawaii

Gemini South – Chile

The Gemini telescopes collect a huge amount of light. It would be too dangerous to look directly at the light through an eyepiece. Instead, the light is gathered and sent through different instruments for closer study. One instrument, called a spectrograph, separates the light into the different parts of the electromagnetic spectrum.

Effectively, the spectrograph makes rainbows. It takes the starlight from billions of miles away, puts it through various optics, then stretches the light out into its rainbow colors. From that, scientists can work out what's happening in the heart of a star.

Think of a telescope as a light-gathering bucket. The bigger the bucket, the more light you can gather, so you can see further out and detect fainter objects.

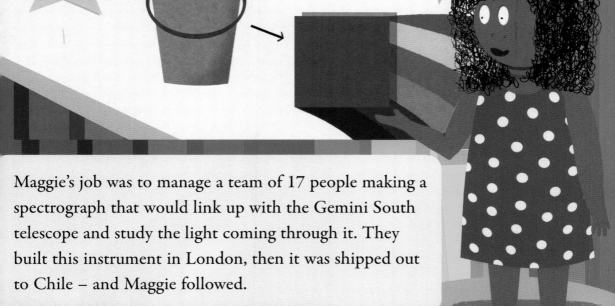

Maggie's job was to manage a team of 17 people making a spectrograph that would link up with the Gemini South telescope and study the light coming through it. They built this instrument in London, then it was shipped out to Chile – and Maggie followed.

A SHOWPLACE FOR SCIENCE

The Gemini South telescope is up in the Andes Mountains, in Chile. It's an isolated place, miles from any towns, where it can get a clear view of the night sky. There are very few clouds and it's high above sea level. This means there is less interference from the Earth's atmosphere when looking out to space.

Maggie spent six months working with the telescope. She lived on her own in a little bungalow on the mountain. Although she missed her family, she didn't feel lonely. Maggie had the stars for company and she sat down every evening for dinner with the Moon.

> " As the sun set you could see amazing stars appear and it just made my heart sing. "

Chile is south of the **equator**, so the stars Maggie could see were very different from the ones she was used to seeing in the northern hemisphere, which is the area north of the equator. When the observatory dome opened each night, Maggie found herself gazing straight up into the Milky Way.

Using the spectrograph, Maggie could zoom in on a star and study the chemical reactions taking place inside it.

Maggie had become an astronomer and was studying the stars she loved more closely, but would she ever make it into space herself?

My dream job is to be a project manager for a telescope on the Moon.

SPACE SATELLITES

Maggie's next career move was to work for a company that made satellites. The job still involved designing science instruments, but these ones were for use in space, rather than on Earth.

We use satellites to gather and send information. They are launched into space and placed in orbit around the Earth (or sometimes around another planet). Satellites can either look out into space or back down at Earth. The advantage of being in orbit is that there is a clearer view into space without any interference from the Earth's atmosphere. It's also possible to have a better overview of what's happening on Earth.

Weather satellites look back at our planet and monitor the Earth's weather and climate.

Space telescopes are satellites that look deep into space and collect information about the universe.

The Hubble Space Telescope has been taking amazing images of space since its launch in 1990.

The Spitzer Space Telescope, launched in 2003, detects infrared light.

Navigation satellites are used to track planes, ships, and sometimes submarines.

Communication satellites are used to beam information to phones, radios, and televisions.

LOOKING DEEPER INTO SPACE

One of Maggie's satellite projects was designing part of the James Webb Space Telescope. This should eventually replace both the Hubble and the Spitzer telescopes which are currently out in space. The instrument Maggie worked on was called the Mid-Infrared Instrument, for measuring infrared light.

Infrared light is not a light that we can see, but it can travel very long distances through space. By finding and measuring infrared light, we can peer even further into outer space and learn more about what's out there.

Here are some aims for the Mid-Infrared Instrument:
- to find out how distant galaxies are moving
- to discover newly forming stars
- to identify distant objects and what they're made of.

For Maggie, designing new technology that can reach further into space and make new discoveries is extremely exciting. Recent results from other telescopes have included finding new planets in our galaxy. According to Maggie, these planets may well have alien life on them.

Maggie believes aliens could be as big as a soccer field and have an orange underbelly for **camouflage**. They might also have gas-filled bags that dangle underneath them to help them float along.

Her vision is a far cry from the friendly pink Clangers, but it is based firmly on science. Unfortunately the vast distances between Earth and the planets outside our solar system mean we are unlikely to ever meet Maggie's aliens. It would take thousands of years to reach them. That's why searching for signs of life with powerful telescopes is the closest that Maggie can get.

LOOKING BACK AT EARTH

Another of Maggie's satellite projects is a weather satellite called Aeolus (*say* ee-oh-lus). It's part of the European Space Agency's Living Planet Program, which makes detailed observations of Earth from space.

The Aeolus Satellite will measure the wind around the world for three years. The information it collects will help to make our weather forecasts more accurate. Scientists will then be able to give people more warning about extreme weather events such as hurricanes and typhoons.

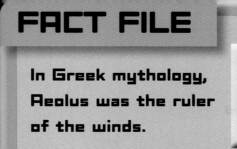
Scientists believe that the greenhouse gases we are releasing into the atmosphere, through burning fossil fuels such as coal and gas, are adding to the problem of global warming. The Aeolus Satellite should tell us more about how pollution is affecting our weather and how the Earth's climate is changing.

Weather is all interconnected. Lightning storms in Ethiopia can be linked with hurricanes in the Americas. So if you understand the wind, you can actually see how it affects the bigger picture.

SPREADING THE WORD

In 2006, Maggie was asked by a British science organization to spend two days a week telling people about her work. They would pay her to share her enthusiasm for science and space by giving talks and interviews.

Maggie happily agreed. Everywhere she went, she impressed people with her energy and the vivid descriptions of her work. Soon newspaper editors, television reporters, and radio presenters were asking Maggie to share her expert space knowledge with them.

ON AIR ●

Before this, Maggie had discovered a talent for explaining her work to politicians. Now she was enjoying talking to all kinds of people, particularly children. She remembered the difficulties she had faced at school. Now she could give hope and encouragement to children who had struggled like her.

Maggie set up her own company, Science Innovation Ltd, and began offering "Tours of the Universe" to schools around the country. She would visit each school and, using computer images, take the pupils on a journey through space.

By talking about her exciting work, Maggie hoped that she could inspire children to want to become scientists themselves.

> " I try to answer three questions: why I became a scientist, how I became a scientist and, most importantly, what I do as a scientist. One of the problems is that physics careers are not very visible. If you do medicine or accounting you know what people do. I try to show them what you can do with a degree in physics. "

In 2009, Maggie was awarded an MBE (Member of the Order of the British Empire) by Queen Elizabeth II for her work in science and education.

A TV STAR!

In 2010, Maggie was invited by the BBC to present a television **documentary** called *Do We Really Need the Moon?* Maggie was delighted. There was only one problem. She had just had a baby! For the filming, Maggie would need to travel to different places around the world, but there was no way she would leave her daughter, Lauren, behind.

The documentary makers wanted to work with Maggie so much, they offered to fly her husband Martin and their baby daughter everywhere with her. That way, the family could still be together, and Martin could look after Lauren while Maggie was filming.

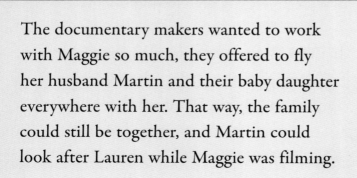

When asked to do talks at universities or science events, Maggie would now appear with little Lauren on her hip. Sometimes Lauren would chew on the microphone or drool on Maggie's shirt! Maggie would just laugh and include Lauren in her explanations. She hadn't let being black or dyslexic or a woman hold her back, and now she wasn't going to let being a mom hold her back either.

Maggie's lively presenting and clear explanations about space and science made her popular with the people watching her on TV too. In 2011 she won the New Talent award from the organization Women in Film and Television. She was asked to present another documentary called *How Satellites Rule Our World*, which was first broadcast in 2012. Two years later, she became a presenter for the BBC television series, *The Sky at Night*.

Maggie may not be how most people envision a space scientist – even the Queen was surprised when Maggie told her what she actually did – but by being herself and following her dream, she's inspiring others to do the same.

REACH FOR THE STARS

Have you ever had a crazy dream about something you'd love to do, but it seemed impossible to achieve? Hold on to that dream! Let it grow inside you and help it to develop – you never know where it might lead you.

Here's Maggie's lists of Dos and Don'ts for following your dreams:

DON'T ...

* ever think you're not good enough
* worry what other people think and say
* panic if your life takes an unexpected turn
* forget to enjoy the journey, even if you never quite reach your dream
* give up.

DO ...

✳ have crazy dreams

✳ ask lots of questions

✳ find inspiration in the people and things around you, such as television programs, websites, fictional characters, and real people

✳ find out more about your passions by reading and learning and asking MORE questions

✳ make the most of opportunities that come your way

✳ believe in yourself.

I haven't given up on my dream. I want to retire to Mars. Some people choose gardening, I choose Mars. What's your dream? And what other exciting things might happen to you while you follow your dream?

GLOSSARY

artificial: not natural; human-made

atmosphere: gases that surround Earth

camouflage: using similar colors to blend into the background

detect: find or pick out

documentary: a fact-based television program

dyslexic: having dyslexia, which is a difficulty with reading

electromagnetic spectrum: the range of different waves of energy, including visible light, radio waves, gamma rays, and X-rays

equator: the imaginary circle around the middle of the Earth, halfway between the North Pole and the South Pole

light pollution: a lightening of the night sky that makes viewing stars and planets harder – usually happens in cities with lots of bright lights

mechanical engineering: the area of science and technology that deals with the design, construction, and use of machines

mesmerizing: fascinating

missile: a weapon that is launched into the sky

particles: very small specks of stuff, invisible to the human eye

radar: a device that locates something using radio waves

theories: testable explanations of how things work

INDEX

About the Author

I'm a children's author with a passion for space – that's why this book was perfect for me. Researching Maggie's story has been really inspiring. I've now bought my daughter her first telescope so that we can study the Moon and stars together.

As well as writing books, I run creative writing workshops in primary schools. I love the way that children are so naturally imaginative and inquisitive. I certainly hope that I never stop asking questions and daring to dream.

When I'm not writing, I like drinking coffee in quirky cafes, riding my bike, and camping in the countryside where the night sky sparkles with unexplored stars.

LAS ESTACIONES, LAS MAREAS Y LAS FASES LUNARES

Tara Haelle

rourkeeducationalmedia.com

Scan for Related Titles and Teacher Resources

Antes de leer:

Cómo aumentar el vocabulario académico usando conocimientos previos

Antes de leer un libro, es importante aprovechar lo que sus hijos o los estudiantes ya saben sobre el tema. Esto les ayudará a desarrollar el vocabulario, aumentar la comprensión de la lectura, y hacer conexiones a través del plan de estudios.

1. *Mira la portada del libro. ¿De qué tratará este libro?*
2. *¿Qué es lo que ya sabes sobre este tema?*
3. *Vamos a estudiar el Contenido. ¿Sobre qué vas a aprender en los capítulos del libro?*
4. *¿Qué te gustaría aprender acerca de este tema? ¿Crees que puedas aprender algo sobre eso en este libro? ¿Por qué o por qué no?*
5. *Utiliza un diario de lectura para escribir acerca de tus conocimientos sobre este tema. Escribe lo que ya sabes y lo que esperas aprender.*
6. *Lee el libro.*
7. *En tu diario de lectura, escribe lo que has aprendido y tu reacción a su contenido.*
8. *Después de leer el libro, completa las actividades que aparecen a continuación.*

Vocabulario Área de contenido

Lee la lista. ¿Qué significan estas palabras?

atmósfera
condensación
convección
ecuador
gravedad
hemisferio
humedad
impulso
mareas
meteorología
precipitación
presión atmosférica
radiación
satélite
temperatura

Después de leer:

Actividades de comprensión y de extensión

Después de leer el libro, haga a su hijo o a sus estudiantes las siguientes preguntas con el fin de comprobar el nivel de comprensión de la lectura y el dominio del contenido.

1. *¿Cuál es la diferencia entre el clima y el tiempo?* (Resumir)
2. *¿Qué pasaría con la Tierra si no existiera la gravedad?* (Inferir)
3. *¿Qué causa el clima?* (Preguntar)
4. *¿Qué relación hay entre el clima y el tipo de ropa que tienes en tu armario? (*Texto de auto-conexión)
5. *¿Cómo afecta la Luna a las mareas?* (Preguntar)

Actividad de extensión

Crea un modelo que muestre cómo la Luna atrae el agua de los océanos de la Tierra. Pon una banda de goma o liga sobre una mesa para representar los océanos. Pon un dedo en el medio de la banda de goma para representar la Tierra y el centro de gravedad del océano. A continuación, coloca un dedo de la otra mano a lo largo del borde interior de la banda de goma para representar la fuerza que la Luna ejerce sobre los océanos de la Tierra. Siguiendo una línea recta, aparta lentamente el dedo de la Luna del dedo de la Tierra. ¿Qué sucede?

Contenido

En esta foto de exposición prolongada, se puede ver cómo la rotación de la Tierra hace parecer como si las estrellas viajaran en círculos alrededor de los polos.

El Sol y las estaciones

Sitúate en un lugar y mira hacia el cielo. Probablemente te parecerá que no te estás moviendo. Pero, en realidad, la Tierra se mueve a 18,5 millas (30 kilómetros) por segundo alrededor del Sol. Al mismo tiempo, la Tierra está girando a 1.040 millas (1.674 kilómetros) por hora. ¡Es sorprendente que no estés mareado! Pero al igual que no puedes sentir que te mueves a 60 millas (97 kilómetros) por hora en el coche, no puedes sentir el movimiento de la Tierra. La **gravedad** te mantiene sujeto a la tierra, y tu **impulso**, o velocidad, coincide con la de nuestro planeta.

Pero sigues experimentando los efectos de todo ese movimiento. La Tierra tarda 24 horas en completar una vuelta completa, o rotación. Es de día para aquellos en el lado de la Tierra de cara al Sol y de noche para aquellos en el otro lado. La rotación de la Tierra nos da el día y la noche, y el viaje de un año de la Tierra alrededor del Sol nos da las estaciones.

La Tierra no está perfectamente paralela al Sol. El eje de la Tierra tiene una ligera inclinación de 23.5 grados, debido a que la parte superior de la Tierra es más pesada porque hay una masa de tierra adicional en el Polo Norte. El **hemisferio** norte se inclina lejos del Sol durante una parte del año y hacia el Sol durante la otra parte. A medida que la Tierra inclinada viaja alrededor del Sol, el ángulo de los rayos del Sol que alcanzan al planeta cambia y el resultado son las estaciones del año.

¿Qué es un año bisiesto?

La Tierra tarda un año en girar alrededor del Sol. Cada revolución tiene una duración de 365,25 días. Cada cuatro años, cada uno de estos cuartos de día se suma formando un día entero. En los años bisiestos, el año tiene 366 días y tenemos un día adicional, el 29 de febrero.

La Estrella Polar y la Cruz del Sur

A medida que la Tierra viaja alrededor del Sol, su lugar en el sistema solar cambia. Eso transforma nuestra visión de las estrellas. Las constelaciones que están visibles en el verano se ocultan debajo del horizonte en el invierno y viceversa. De igual manera, la rotación de la Tierra también cambia nuestra percepción de la ubicación de las estrellas en el cielo.

Pero probablemente has oído que la Estrella del Norte, llamada Polaris, está siempre en el lado norte del cielo. ¿Cómo puede ser eso? La Tierra se inclina hacia Polaris, y la inclinación de la Tierra nunca cambia, por lo que el Polo Norte siempre está de cara a la Estrella del Norte. Cuando miramos hacia el Polo Norte, siempre vemos a la Estrella Polar.

Al igual, en el sur hay un grupo de estrellas orientadoras, llamado la Cruz del Sur, o Quid. Las cinco estrellas que componen la Cruz del Sur guiaron a los exploradores mientras navegaban hacia Australia y Nueva Zelanda en el hemisferio sur.

5

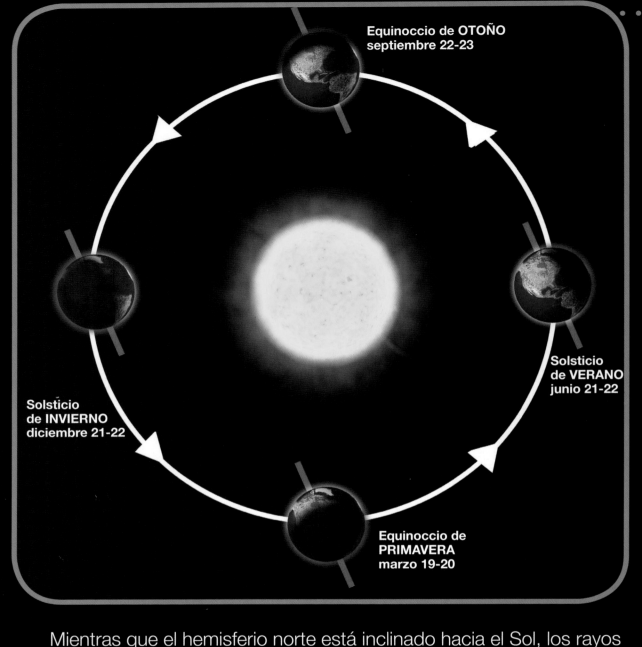

Equinoccio de OTOÑO
septiembre 22-23

**Solsticio
de VERANO**
junio 21-22

**Solsticio
de INVIERNO**
diciembre 21-22

**Equinoccio de
PRIMAVERA**
marzo 19-20

Mientras que el hemisferio norte está inclinado hacia el Sol, los rayos solares, llamados **radiación** solar, alcanzan el hemisferio norte más directamente. Ese ángulo más directo significa más calor, lo que nos da el verano. Al mismo tiempo, la radiación solar alcanza el hemisferio sur indirectamente. Los rayos viajan más lejos y pierden más calor, creando el invierno en el sur. Seis meses después, cuando las posiciones se invierten el hemisferio sur disfruta de verano, mientras que es invierno en el norte.

Ya debes haber notado que los días se hacen más largos en el verano y más cortos en el invierno. Esto se debe a que durante el verano el Sol sigue una trayectoria más larga por el cielo cuando está directamente opuesto a la Tierra. El día más largo del año es el solsticio de verano, que ocurre entre el 20 y 22 de junio en el hemisferio norte. El solsticio de invierno es el día más corto del año, cuando el sol sigue la trayectoria más corta por el cielo. El solsticio de invierno se produce alrededor del 21 al 22 de diciembre. El **ecuador,** que pasa por el centro de la Tierra, recibe cantidades similares de luz solar durante todo el año ya que el ángulo de los rayos solares es similar. Las estaciones en el ecuador son templadas.

ecuador

Los días en los equinoccios de primavera y otoño

Dos veces al año, el Sol brilla directamente sobre el ecuador al pasar del hemisferio norte al hemisferio sur, y viceversa. Cada uno de estos días se llama un equinoccio. El equinoccio de primavera, o equinoccio vernal, para el hemisferio norte se produce alrededor del 19 al 20 de marzo cuando el Sol pasa de sur a norte. El equinoccio de otoño ocurre alrededor del 23 de septiembre, cuando el Sol cruza de norte a sur. El equinoccio de primavera del hemisferio norte es el equinoccio de otoño en el hemisferio sur.

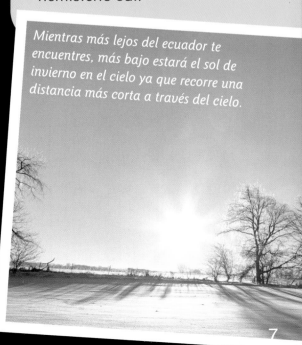

Mientras más lejos del ecuador te encuentres, más bajo estará el sol de invierno en el cielo ya que recorre una distancia más corta a través del cielo.

La Luna y las mareas

Al igual que la Tierra gira alrededor del Sol, la Luna gira alrededor de la Tierra. La Luna tarda unos 27 días en completar una revolución alrededor de la Tierra. Durante este tiempo, la Luna pasa por diferentes fases lunares. Cuando parece ser más grande, se llama creciente, y cuando parece más pequeña, se llama menguante. ¡Pero realmente la Luna no cambia de tamaño! Se percibe de esa manera desde la Tierra ya que sólo podemos ver la parte de la Luna iluminada por el Sol. La cantidad de luz solar que refleja la Luna depende de dónde se encuentre en su viaje alrededor de la Tierra.

Las fases lunares

Hay ocho fases lunares. La primera es la luna nueva, que en realidad parece como si no hubiera luna. La luna nueva se encuentra directamente entre la Tierra y el Sol y no podemos ver la cara iluminada por el Sol. A medida que la Luna continúa girando alrededor de la Tierra, comenzamos a ver un pequeño fragmento de la misma, la luna creciente. La siguiente fase es un cuarto creciente, cuando vemos un semicírculo. A medio camino, entre un cuarto creciente y la luna llena, está la luna menguante. Finalmente, a mitad de su travesía, vemos un círculo completamente iluminado, la luna llena. Pasa a través de otra gibosa, otro cuarto, y otra luna creciente antes de convertirse de nuevo en una luna nueva.

La locura de la luna llena

La gente solía creer que la luna llena hacía que la gente se volviera loca. La palabra lunático, que significa demente o que padece de locura, proviene de la palabra *lunaticus* en latín. Incluso hoy, muchas personas creen que la luna llena trae más accidentes de tráfico, más crimen, salas de urgencias más atareadas, y otras ocurrencias extrañas. En realidad, los científicos no han verificado que estas cosas sucedan más a menudo durante días de luna llena que en otros días del año.

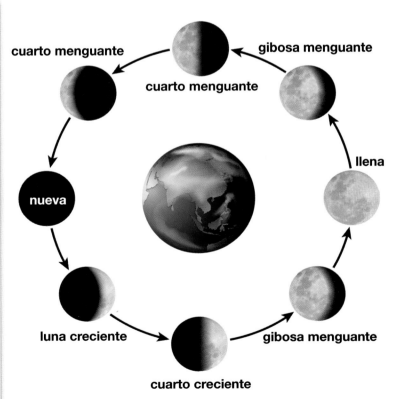

cuarto menguante

gibosa menguante

cuarto menguante

llena

nueva

luna creciente

gibosa menguante

cuarto creciente

Las mareas

Si alguna vez has estado en la playa, es posible que hayas notado que el agua sube poco a poco en la playa durante una parte del día y luego retrocede. El ascenso y el retroceso del agua de mar se llama **marea**. Las mareas altas y las bajas suceden dos veces al día, gracias a una gran lucha entre la Tierra y la Luna.

La gravedad de la Luna intenta atraer a la Tierra hacia ella, pero la Tierra es más grande, por lo que su gravedad es más fuerte. Eso nos impide flotar hacia la Luna. Pero al agua le es más difícil aferrarse porque está siempre en movimiento. La gravedad de la Luna atrae el agua hacia ella y crea una marea alta en el lado de la Tierra más cercano a la Luna. Y, ¿en el otro lado? Esos mares también tienen una marea alta. La Luna de la misma forma atrae ligeramente el núcleo de la Tierra hacia ella alejando a la Tierra del agua en el otro lado.

Mareas y corrientes del océano

marea alta   marea baja

Luna

Atracción gravitacional
de la Luna

marea baja   marea alta

Tierra

Sol

Las mareas de primavera y mareas muertas

Aproximadamente dos veces al mes, ocurren mareas excepcionalmente altas. Estas mareas son llamadas mareas de primavera y ocurren durante luna nueva y luna llena. En estas ocasiones, la Luna está directamente alineada con el Sol porque la Luna, el Sol y la Tierra están en línea recta. La gravedad adicional del Sol atrae aún más las aguas marítimas causando mareas más altas. Ahora la protuberancia del océano en la Tierra es como un balón de fútbol más plano.

Durante los cuartos de luna, las atracciones gravitacionales del Sol y la Luna trabajan unas contra las otras. La protuberancia se redondea un poco, y la diferencia entre la marea alta y la baja es menor. A éstas les llaman mareas muertas.

Puedes visualizar las mareas como una protuberancia en forma de balón de fútbol americano alrededor de la Tierra. Las mareas bajas se encuentran en la parte superior e inferior del balón, entre las mareas altas. A medida que la Tierra gira, la gravedad de la Luna atrae los mares del mundo como un balón gigante de fútbol que da vueltas al ser lanzado.

¿Dónde están las mareas más altas?

Las mareas más altas del mundo se producen en la Bahía de Fundy, entre Nueva Brunswick y Nueva Escocia en Canadá. Allí, la diferencia entre la marea alta y la marea baja puede llegar a ser de 53 pies (16 metros). ¡Eso es casi tan alto como cinco elefantes, uno encima del otro! Las mareas más altas en los EE.UU. se encuentran en Anchorage, Alaska. Las mareas pueden tener hasta 40 pies (12 metros) de diferencia.

El tiempo, día a día

Mira por la ventana. ¿Está lloviendo? ¿Brumoso? ¿Soleado? ¿Helado? La respuesta, por supuesto, depende de las condiciones del tiempo hoy. Las condiciones del tiempo describen cómo actúa la **atmósfera** en un área en particular. La atmósfera es una capa de aire que rodea la Tierra como una cobija. Se compone de gases como el nitrógeno, el oxígeno, el dióxido de carbono, y el vapor de agua.

La atmósfera es lo que protege la vida en la Tierra de la fuerte radiación del Sol y de las heladas temperaturas del espacio exterior. El tiempo es el resultado de los cambios en la atmósfera.

El tiempo se compone de muchos aspectos: los vientos, la luz solar, las nubes, la lluvia, la nieve, el aguanieve, el granizo, las tormentas eléctricas y los severos eventos meteorológicos. Las tres características principales del tiempo son: la **temperatura**, la **humedad** y la **presión del aire**. La temperatura se refiere a la cantidad de calor que está en el aire. La humedad describe cuánto vapor de agua hay en el aire. La presión del aire describe el peso del aire presionando a la Tierra. Las interacciones entre la temperatura y la presión del aire regulan el tiempo.

¡Pero se siente más caliente!

Algunos días, 80 grados se sienten como un hermoso día de 80 grados. Otros días, 80 grados pueden sentirse como 90 grados. ¿Qué está pasando? La humedad es mayor en esos días cuando se siente más calor. El índice de calor es un cálculo de la temperatura y la humedad relativa, que representa la sensación térmica o cómo se siente la temperatura cuando estás al aire libre—incluso si la lectura del termómetro es más baja.

El proceso comienza cuando la energía solar alcanza la Tierra. Aunque parte de la energía rebota, la atmósfera atrapa la mayor parte. Pero el Sol calienta nuestro planeta de forma

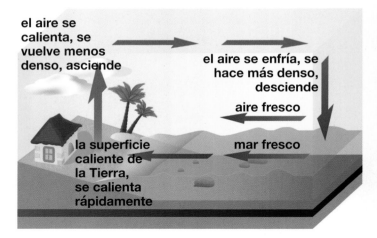

el aire se calienta, se vuelve menos denso, asciende

el aire se enfría, se hace más denso, desciende

aire fresco

la superficie caliente de la Tierra, se calienta rápidamente

mar fresco

desigual. Las diferencias en la temperatura producen el movimiento. La Tierra irradia calor y calienta el aire justo encima de ella, causando la **convección**. Durante la convección, el aire caliente se expande y se hace más boyante. Entonces se eleva y reemplaza al aire más frío que se encuentra encima. A medida que el aire se eleva y se extiende, se enfría, y la Tierra calienta el aire que se encuentra debajo.

Actividad

Crear viento

Se puede demostrar cómo las diferencias en presión crean viento. Sopla un globo a su debido tamaño, pero no lo ates. El aire comprimido dentro del globo tiene una presión mayor que el aire alrededor del globo. Esa presión mantiene al globo inflado. Recuerda que el aire con presión más alta se traslada a las zonas con menor presión. Desata y suelta el globo. A medida que la presión del aire se escapa, se crea el viento.

Estos movimientos provocan cambios en la presión del aire. El aire frío es más denso, por lo que es más pesado y ejerce más presión hacia abajo. El aire caliente es menos denso y ejerce menos presión. A medida que el aire caliente se eleva, deja atrás áreas de baja presión. Entonces el aire de las áreas de alta presión se precipita para igualar la diferencia de presión y crea viento.

Efecto Coriolis

Aunque no lo creas, el viento no se mueve en una línea recta. No puede porque la rotación de la Tierra lo impide. Dado que la Tierra es más ancha en el ecuador que en los polos, la Tierra tiene que girar más rápido en su centro que en los polos. Imagínate que caminas por el medio de una bola gigante, tendrías que caminar más rápido que cualquiera que camine a tu lado, ya que no tendría que caminar tan lejos como tú para mantenerse a tu lado. Las diferencias en la velocidad de rotación en las diferentes latitudes causan el Efecto Coriolis, llamado así en honor al matemático francés del siglo XIX, Gustave Coriolis, el primero en describirlo. El efecto hace que el aire se curve alrededor de las áreas de alta y baja presión sin seguir una línea recta. En el hemisferio norte, el viento sopla en la dirección de las manecillas del reloj alrededor de las áreas de presiones más altas y en sentido contrario a las manecillas del reloj alrededor de las áreas de presión más baja. El efecto se invierte en el hemisferio sur.

Gaspard-Gustave de Coriolis
1792-1843

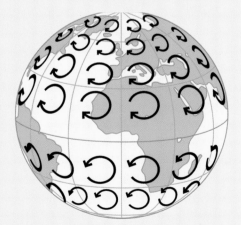

El Efecto Coriolis explica porqué las tormentas tropicales y los huracanes giran siempre alrededor de un centro.

El ciclo del agua

La energía solar también regula el ciclo del agua, es decir, el movimiento de agua a través de diferentes etapas en la atmósfera, en la tierra, y en las masas de agua. El agua que hay en la Tierra hoy en día es la misma que bebieron los dinosaurios. Continúa el mismo ciclo. Este ciclo, también llamado el ciclo hidrológico, además afecta al tiempo.

La mayor parte del agua se mantiene en los océanos, lagos, ríos, glaciares y los casquetes polares. La energía solar hace que el agua de la superficie se evapore. También sale agua de las plantas a través de un proceso llamado transpiración, similar a la manera en que los humanos sudan.

El agua que se recoge en las plantas como rocío, es el resultado de la condensación. Pero el agua también se evapora desde el interior de las plantas a través de poros minúsculos en las hojas, llamados estomas.

Durante la convección, cuando el aire caliente se eleva y se enfría, el aire se vuelve más denso. El aire más frío condensa las pequeñas gotas de vapor de agua en las nubes. A través de la **condensación**, el agua se transforma de gas a líquido, y las gotas de agua se hacen más grandes.

Cómo se forma la niebla

¿Alguna vez has soñado con caminar por las nubes? Si alguna vez has caminado a través de la niebla, ¡ya lo has hecho! La niebla es el vapor de agua pesado suspendido en el aire; una nube a nivel del suelo. La niebla puede ocurrir cuando el aire caliente se encuentra con el aire frío y lo empuja hacia abajo o cuando la humedad en el aire sobre la superficie de la tierra o de un cuerpo de agua se enfría. La niebla se disipa cuando el calor del sol hace que las gotas de agua se evaporen.

Con el tiempo, las gotas se vuelven tan pesadas que caen a la Tierra en forma de lluvia, nieve, aguanieve o granizo. Esto se denomina **precipitación**. La forma depende de la temperatura del aire. En el aire helado, la precipitación cae en forma de nieve. Si la lluvia pasa a través de una capa helada de aire, se congela de repente y cae aguanieve. A veces, vientos fuertes y ascendentes circulan alrededor de las nubes rebotando y acumulando capas de hielo, al igual que una bola de nieve acumula nieve, y luego cae a la Tierra en forma de granizo.

Llueve cuando las gotas de las nubes se vuelven demasiado pesadas para permanecer en las nubes y como resultado, caen en la superficie de la tierra.

Sal de la Tierra

El ciclo del agua es también responsable de la sal en el océano. Cuando el agua cae al suelo, fluye de nuevo hacia el océano, desgasta rocas a lo largo del camino y recoge sal y otros minerales de las rocas y del suelo. El agua lleva estos minerales al mar. Durante la evaporación, sólo el vapor de agua se eleva, dejando la sal y los otros minerales detrás.

La precipitación se filtra en el suelo o se convierte en agua subterránea o escorrentía, que fluye de nuevo hacia los océanos, lagos y ríos. Y continúa el ciclo.

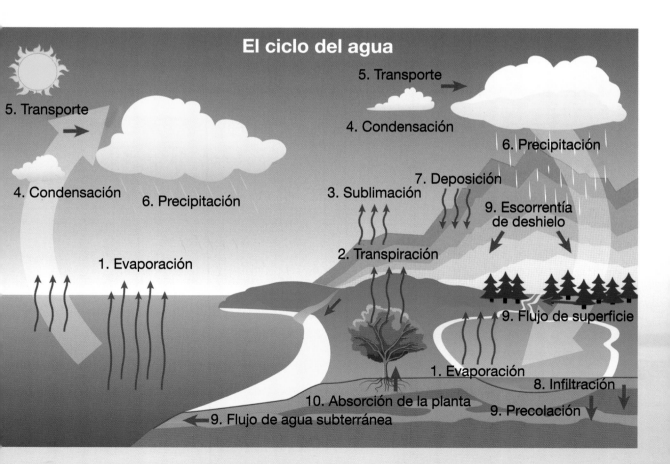

El ciclo del agua

5. Transporte

5. Transporte

4. Condensación

6. Precipitación

4. Condensación

6. Precipitación

3. Sublimación

7. Deposición

9. Escorrentía de deshielo

2. Transpiración

1. Evaporación

9. Flujo de superficie

1. Evaporación

8. Infiltración

10. Absorción de la planta

9. Precolación

9. Flujo de agua subterránea

19

La predicción del tiempo

¿Vas a acampar este fin de semana? Es probable que primero quieras conocer las condiciones del tiempo. Cientos de años atrás, la gente sólo podía mirar al cielo y adivinar lo que estaba a la vuelta de la esquina. Predecir el tiempo todavía no es algo perfecto, pero tenemos muchas más herramientas que antes. La **meteorología** es el estudio del tiempo. Los científicos que estudian las condiciones meteorológicas y tratan de predecir o pronosticar el tiempo se llaman meteorólogos.

La mayoría de las condiciones del tiempo en los Estados Unidos se mueven de oeste a este, así que si miras el tiempo al oeste de ti, obtendrás pistas de lo que puedes esperar. Si vives cerca del mar o en las montañas, sin embargo, el terreno y el agua pueden desempeñar un papel más importante en las condiciones del tiempo local. Los meteorólogos utilizan una variedad de instrumentos meteorológicos para acumular información más precisa para hacer sus predicciones.

Humedad relativa

Los meteorólogos miden la humedad relativa con un psicrómetro, instrumento con dos termómetros, uno seco y uno mojado. La humedad relativa se refiere a la cantidad de vapor de agua en el aire a cierta temperatura en comparación con la cantidad de agua que el aire podría tener a esa temperatura.

A 90 por ciento de humedad, por ejemplo, el aire está casi lleno a capacidad con vapor de agua. En las altas temperaturas, esa humedad relativa se siente pegajosa e incómoda cuando estás al aire libre, aunque la lectura del termómetro sea más baja.

Los instrumentos meteorológicos

Una de las herramientas que utilizan los meteorólogos es el radar Doppler. Es una gran esfera parecida a una enorme bola de golf que envía ondas de radio y mide su reflejo en la precipitación, tales como las gotas de lluvia o el granizo.

Los meteorólogos pueden de esta forma calcular la ubicación y la velocidad de la precipitación para hacer predicciones.

Estados Unidos tiene 155 radares Doppler, incluyendo algunos en Puerto Rico y Guam. El Servicio Metereológico Nacional (National Weather Service) o el Departamento de Defensa son responsables de la mayoría de ellos.

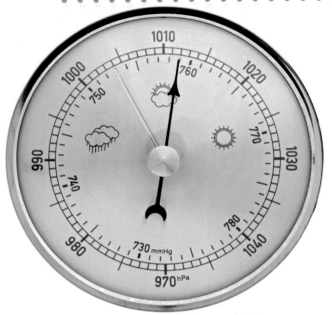
Algunos barómetros proveen íconos del tiempo soleado y lluvioso además de las lecturas de presión.

Los científicos usan barómetros para medir la presión atmosférica. Los barómetros contienen mercurio que se mueve de acuerdo a la presión atmosférica o contienen una caja pequeña que cambia de forma con el cambio de presión. Observar la presión atmosférica es la función primordial en la predicción del tiempo, ya que las diferencias en la presión atmosférica causan la mayoría de las condiciones climáticas. La alta presión o el aumento de la misma, por lo general, significa que hará un día agradable. La caída de la presión a menudo significa que lloverá o será un día ventoso.

Los termómetros miden la temperatura atmosférica. En los EE.UU., casi siempre la temperatura se mide en la escala Fahrenheit, donde el agua se congela a 32 grados y hierve a 212 grados. En la escala Celsius que se utiliza en la mayor parte del mundo, el agua se congela a 0 grados y hierve a 100 grados.

Los anemómetros miden la velocidad del viento, y las veletas indican la dirección de los vientos. Los pluviómetros miden la cantidad de precipitación líquida caída, que se mide en pulgadas o centímetros.

Haz tu propio anemómetro
Puedes crear un instrumento para ver la velocidad del viento.

Materiales:

- Cinco vasos de papel de 3 onzas (90 mililitros)
- Un lápiz afilado con borrador
- Dos pajillas

- Un alfiler
- Una engrampadora
- Un temporizador o medidor de tiempo, una regla, un marcador, y una calculadora (opcional)

Instrucciones:

1. Más o menos a una pulgada por debajo del borde de cuatro de los vasos, haz un agujero con el lápiz lo suficientemente ancho para deslizar la pajilla. En el quinto vaso, haz un agujero en el centro de la parte inferior y cuatro agujeros en ángulo recto, aproximadamente un cuarto de pulgada por debajo del borde.
2. Atraviesa uno de los cuatro vasos de un lado a otro con una pajilla y engrámpalo al vaso. Empuja el otro lado de la pajilla a través de dos de los cinco orificios del vaso y luego en otro de los cuatro vasos en dirección opuesta al primero. Engrámpalo al otro vaso.
3. Repite el procedimiento con la otra pajilla y los dos vasos restantes, para crear tu anemómetro igual al de la imagen. Todas los vasos deben ir en la misma dirección, como si se estuvieran siguiendo.
4. Coloca el alfiler a través de las dos pajillas, donde se cruzan en el centro del vaso. Empuja el lápiz por el medio del centro del vaso, a través del agujero en la parte inferior, hasta que puedas presionar el alfiler en la goma de borrar.
5. Asegúrate de que el anemómetro funciona soplando los vasos externos y haciéndolos girar. Llévalo afuera en un día de viento para que veas lo rápido que el viento hace girar los vasos.

Si deseas calcular el viento en millas por hora, usa el marcador para hacer una gran X en la parte superior de uno de los vasos externos. Ajusta el temporizador para un minuto y cuenta cuántas veces la gran X pasa más cerca de ti, para averiguar las revoluciones por minuto (rpm). A continuación, mide en pulgadas la longitud de una de las pajillas.

Haz los siguientes cálculos con la calculadora:
1. Multiplica la longitud de la pajilla en pulgadas x 3.14
2. Divide el resultado entre 12
3. Divide el resultado entre 5.280
4. Multiplica el resultado por rpm
5. Divide el resultado entre 60
La respuesta final son aproximadamente las millas por hora del viento.

Recopilando información

La mayor parte de la información meteorológica en EE.UU. proviene del Servicio Meteorológico Nacional. Esta agencia utiliza instrumentos meteorológicos en las estaciones meteorológicas de todo el país para estar al tanto de las condiciones del tiempo. También envían globos meteorológicos con instrumentos para medir la temperatura atmosférica, la presión atmosférica, el viento y la humedad en diferentes áreas.

Estas herramientas proporcionan muchos detalles útiles sobre las condiciones del tiempo, pero también ayuda el tener una visión general. Los meteorólogos pueden ver imágenes de la atmósfera desde el espacio usando **satélites**. Los satélites giran alrededor de la Tierra, toman fotos y envían información.

Globos meteorológicos

Cada globo meteorológico comienza con unos cinco pies (1,5 metros) de diámetro, pero se expande a medida que se eleva a más de 115.000 pies (35,052 metros) por encima del suelo. Cuando llega a aproximadamente 20 o 25 pies (6 o 7,6 metros) de diámetro, se revienta. Pero durante ese tiempo, a medida que asciende, lleva consigo una pequeña caja de instrumentos meteorológicos llamada radiosonda. La radiosonda cuelga alrededor de 80 a 115 pies (24,4 a 35 metros) por debajo del globo y cada segundo transmite información sobre la presión atmosférica, la temperatura, la humedad relativa, y la posición GPS. El Servicio Meteorológico Nacional emite alrededor de 70.000 radiosondas al año.

Los meteorólogos combinan lo que aprenden de las imágenes de los satélites con datos de las estaciones meteorológicas, los globos meteorológicos, y el radar. Luego crean mapas para pronosticar las temperaturas y las condiciones meteorológicas.

Condiciones extremas del tiempo

Un espectáculo de relámpagos lejanos en el cielo puede ser divertido de ver, pero las condiciones extremas del tiempo no son tan divertidas. Cada año, grandes tormentas destruyen propiedades, causan lesiones, e incluso cobran vidas humanas. Los meteorólogos hacen todo lo posible para predecir el mal tiempo para que las personas se puedan preparar en caso de tormenta, buscar refugio, o incluso evacuar un área.

Tormentas

El aire viaja en grandes masas con temperatura, presión, y humedad similar. Los meteorólogos rastrean la presión atmosférica y las masas de aire en movimiento para predecir cuándo se aproxima una tormenta. Cuando dos masas de aire se encuentran, se crea un frente. Un frente cálido se produce cuando una masa de aire caliente reemplaza a una masa de aire frío y la empuja hacia abajo. Lo sigue un aire más cálido y más húmedo.

Cuando una masa de aire frío se acerca a una masa de aire caliente, el resultado es un frente frío. El aire frío más pesado se desliza por deba del aire caliente como si se deslizara por una cobija caliente. A medida c baja la temperatura y el vapor de agua se condensa, puede caer lluvia u otras precipitaciones. Entonces le sigue un aire más seco y más frío. La mayoría de las tormentas ocurren durante los frentes fríos, pero los frent cálidos y otros movimientos del aire también pueden causar lluvia.

Desarrollo de las nubes debido a la elevación frontal del aire caliente y húmedo

Aire caliente retrocediendo debido al frente frío

Aire frío avanzando detrás del frente frío

Símbolo del frente frío en el mapa

En un mapa de pronóstico meteorológico, un frente frío está representado por una línea continua con triángulos azules a lo largo del frente apuntando hac el aire más caliente y en la dirección del movimiento.

Los arco iris

La mayoría de la lluvia cae en los días nublados, pero la lluvia en un día soleado puede traer consigo un arco iris. La luz del sol brilla a través de las gotas de lluvia, dividiendo el espectro de color como un prisma en rojo, anaranjado, amarillo, verde, azul, índigo y violeta. Pero no tienes que esperar a la lluvia en un día soleado para ver un arco iris. Enciende un aspersor y ponte de espaldas al sol. Si miras a través del rocío del aspersor también podrás ver un arco iris.

Las pistas de pogo son áreas de baile en los conciertos, donde la gente choca y rebota unos con otros a propósito.

Las tormentas eléctricas

Las tormentas eléctricas ocurren cuando una masa de aire se eleva rápidamente y forma grandes nubes planas en la parte superior. Dentro de las nubes, potentes corrientes de aire empujan alrededor las gotitas de agua y cristales de hielo. Estas gotitas chocan entre sí como si estuvieran en una pista de pogo gigante. La fricción que causa el choque de estas partículas produce electricidad estática.

La electricidad se sigue desarrollando hasta que se vuelve tan poderosa que tiene que escapar. Es entonces que una chispa gigante salta a través de la nube o de la nube hacia el suelo. Esa chispa

gigante es un rayo. El sonido que hace es un trueno. Vemos el rayo antes de oír el trueno porque la luz viaja más rápido que el sonido. El rayo puede calentar el aire que lo rodea hasta 54.000 grados Fahrenheit (30.000 grados Celsius), ¡cinco veces más caliente que el Sol!

¿Está muy lejos el rayo?

Se puede estimar cuán lejos está un rayo contando el tiempo que tarda en llegar el sonido del trueno. El sonido viaja un promedio de 1.200 pies (365.76 metros) por segundo, aproximadamente una milla (1,6 kilómetros) cada cinco segundos. Una vez que veas un relámpago comienza a contar en segundos. Cuando oigas el trueno, divide entre cinco para averiguar a cuántas millas se encuentra.

Las inundaciones y las tormentas de nieve

Las inundaciones ocurren cuando la lluvia cae más rápido de lo que la tierra y los cuerpos de agua pueden absorber. Las inundaciones pueden destruir propiedades y poner en peligro a personas y animales. Las inundaciones o crecidas ocurren de repente, especialmente cuando los ríos o lagos locales se desbordan. También pueden ocurrir cuando una barrera natural o artificial, como una presa, se agrieta o se rompe. Las tormentas fuertes, como los huracanes, pueden causar inundaciones ya que sus marejadas empujan hacia la tierra el agua de un océano o lago.

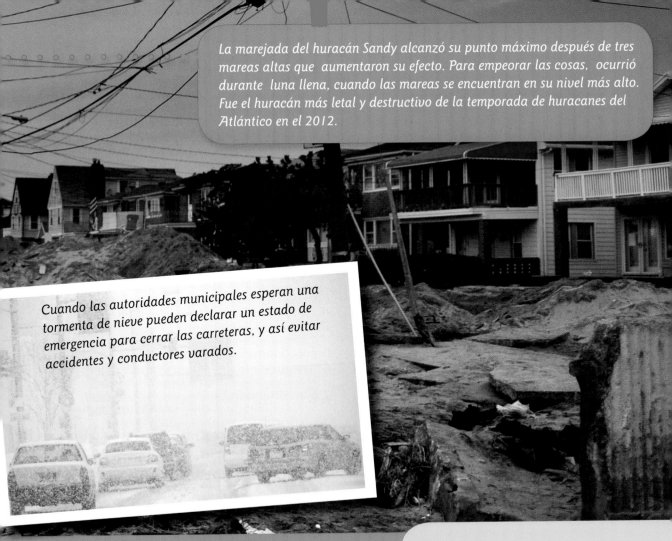

La marejada del huracán Sandy alcanzó su punto máximo después de tres mareas altas que aumentaron su efecto. Para empeorar las cosas, ocurrió durante luna llena, cuando las mareas se encuentran en su nivel más alto. Fue el huracán más letal y destructivo de la temporada de huracanes del Atlántico en el 2012.

Cuando las autoridades municipales esperan una tormenta de nieve pueden declarar un estado de emergencia para cerrar las carreteras, y así evitar accidentes y conductores varados.

Del mismo modo que el exceso de lluvia causa inundaciones, el exceso de nieve y fuertes vientos causan tormentas de nieve. Estas tormentas invernales pueden paralizar totalmente una ciudad o una región. Durante una tormenta de nieve, es imposible ver a través de la fuerte nevada. La tormenta de hielo es otra tormenta invernal severa. La lluvia o aguanieve se congela en el suelo y hace peligroso conducir o inclusive caminar.

¡Están lloviendo peces!

Un tornado que se forma o se mueve sobre el agua se convierte en una tromba, una columna masiva de agua que contiene lo que haya extraído del mar o de un lago. Si la tromba se dirige hacia la orilla, pueden llover peces, cangrejos, medusas, y cualquier otra criatura marina recogida durante el viaje.

Las tormentas tropicales y los huracanes

Los huracanes comienzan como tormentas tropicales sobre el océano. El aire se eleva desde el agua tibia y crea una pequeña área de presión extremadamente baja. La presión atmosférica más alta se precipita tan rápidamente para llenar el vacío, que el viento comienza a arremolinarse alrededor del centro a altas velocidades. Cuando los vientos alcanzan al menos 74 millas (119 kilómetros) por hora, la tormenta se convierte en un huracán.

El centro se convierte en el ojo del huracán, la zona relativamente calmada de presión más baja. Un ojo puede medir alrededor de 20 a 40 millas (32 a 64 kilómetros) de ancho, pero todo el huracán puede tener varios cientos de millas de ancho y alcanzar velocidades de 185 millas (300 kilómetros) por hora. Cuando un huracán llega a tierra o pasa sobre agua fría, comienza a disminuir su velocidad.

La palabra huracán se origina de la palabra española huracán, derivada de hurakán, que significa "dios de la tormenta" en el idioma indígena taíno del Caribe.

¿Qué importancia tiene un nombre?

El evento meterológico que los estadounidenses llaman huracán tiene un nombre diferente en otras partes del mundo. A cualquier sistema de baja presión con vientos de rotación rápida se le llama ciclón. Si el ciclón se produce en el hemisferio norte, alrededor de las Américas, Europa y África, gira en sentido contrario a las manecillas del reloj y se le llama huracán. Pero cerca de Asia, en el Pacífico occidental, a los ciclones se les llama tifones. En el hemisferio sur, se les llama simplemente ciclones, pero giran en la dirección de las manecillas del reloj.

Categorías de huracanes

Los meteorólogos clasifican los huracanes basándose en la velocidad del viento y el daño que causan. La lista de las cinco categorías se llama la escala de Saffir-Simpson.

CATEGORÍA	VELOCIDAD DEL VIENTO	CONSECUENCIAS
Uno	74-95 millas por hora, (119 a 153 km/h)	daños ligeros a edificios, árboles arrancados, apagones de corta duración
Dos	96-110 millas por hora (154 a 177 km/h)	daños moderados a edificios, árboles arrancados, apagones importantes y de larga duración
Tres	111-129 millas por hora (178 a 208 km/h)	daños significativos a los edificios, árboles arrancados, cortes de electricidad y agua por días o semanas
Cuatro	130-156 millas por hora (209 a 251 km/h)	daños graves a edificios, algunos destruidos, árboles arrancados, cortes de electricidad y agua por días o semanas, condiciones inadecuadas para vivir
Cinco	157 millas por hora (252 km/h) o más alto	destrucción extremadamente grave a edificios, muchos completamente destruidos; árboles desarraigados, cortes de electricidad y condiciones inadecuadas para vivir

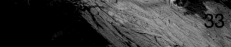

Los tornados

Los meteorólogos suelen prever la formación de un huracán pero no es así con los tornados. Los tornados son mucho más pequeños y no ocurren en las mismas áreas que los huracanes. Se forman cuando un área de muy baja presión atrae fuertes vientos que comienzan a circular rápidamente en el centro, a veces a más de 300 millas (480 kilómetros) por hora. La columna de remolinos de aire se convierte en una nube en forma de embudo que arrasa con violencia la superficie terrestre causando destrucción.

El callejón de los tornados

Un tornado se puede formar en cualquier parte si las condiciones son las adecuadas, pero las llanuras centrales del sur de Estados Unidos ven más tornados que muchas otras partes del mundo. El apodo de esta región es "el callejón de los tornados".

Se extiende aproximadamente desde el centro de Texas al norte de Dakota del Sur e incluye gran parte de Oklahoma, Kansas y Nebraska. La temporada de tornados en esta área se extiende desde casi finales de la primavera hasta principios del otoño.

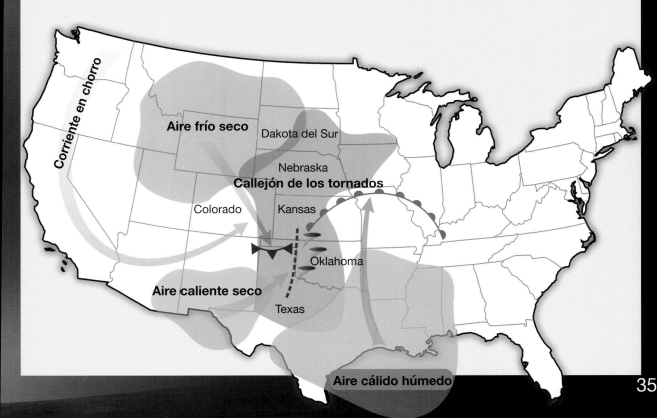

Corriente en chorro

Aire frío seco

Dakota del Sur

Nebraska

Callejón de los tornados

Colorado   Kansas

Oklahoma

Aire caliente seco

Texas

Aire cálido húmedo

El clima en todo el mundo

El tiempo puede variar de un día a otro, pero el clima describe patrones meteorológicos de largo plazo. La temperatura media, la precipitación, la humedad, la velocidad del viento y las tormentas durante al menos 30 años conforman el clima de una región. En algunos lugares, los ciclos de inundaciones o sequías pueden ser parte normal del clima local. Otros lugares pueden tener climas con pocos cambios climáticos o variaciones temporales.

El Niño

Incluso en las regiones de climas estables, pueden ocurrir variaciones debido a las tormentas solares u otros eventos. Uno de estos eventos es El Niño, un patrón climático que trae más lluvia y temperaturas más altas. El Niño significa en inglés "little boy", ya que el tiempo parece tener una rabieta en los años que ocurre este fenómeno. El Niño ocurre cada cierto número de años y comienza cuando la temperatura del agua cerca del ecuador en el océano Pacífico aumenta más de lo habitual. Las corrientes oceánicas más cálidas llevan a los peces tropicales más al norte, y el este de EE.UU. experimenta un invierno más suave de lo habitual.

El clima tiene un impacto importante sobre todas las criaturas de la Tierra. El tiempo puede afectar cómo te vistes hoy pero el clima afecta a tu ropero entero. Puede que la gente en la Florida tenga más trajes de baño, pero la de Alaska tiene más trajes de nieve.

El clima ayuda a moldear las montañas, los ríos, y la tierra. Influye en el tipo de refugio que las personas construyen y lo que cultivan para sobrevivir. El clima también determina qué tipos de plantas y animales viven en ciertas regiones y sus comportamientos, como la hibernación o los patrones de migración.

El clima nevado de Groenlandia, Alaska y el norte de Canadá hizo que los esquimales, los nativos de estas áreas, construyeran iglúes de hielo y nieve como refugios.

37

¿Qué causa el clima?

La distancia de una región al ecuador, que es su latitud, juega un papel importante en su clima. Las zonas tropicales alrededor del ecuador son por lo general más cálidas, ya que obtienen mayor energía del Sol. Las regiones polares más alejadas del ecuador son las más frías. Las regiones templadas se encuentran entre estos dos extremos.

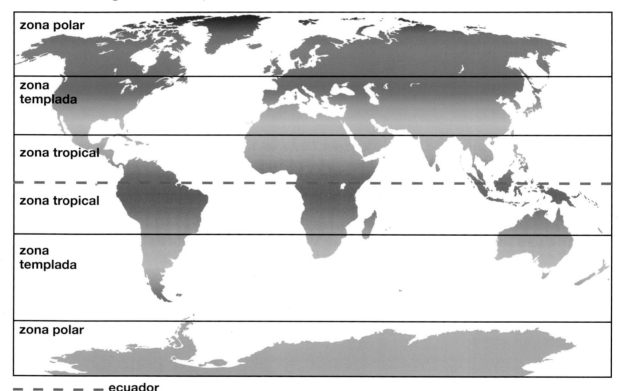

zona polar

zona templada

zona tropical

zona tropical

zona templada

zona polar

– – – – – ecuador

Pero la latitud es sólo una pieza del rompecabezas climático. El clima desértico en el Valle de la Muerte, California, por ejemplo, se diferencia enormemente del clima más suave en Los Ángeles, a solo unos cuantos cientos de millas de distancia. Esto se debe a que Los Ángeles se encuentra a lo largo de la costa del océano Pacífico. La ubicación de una región en el continente y su distancia de otros cuerpos de agua también es importante.

El Valle de la Muerte en el desierto de Mojave es el lugar más seco, más caliente y más bajo de los Estados Unidos, a 282 pies (86 metros) bajo el nivel del mar. La precipitación anual media es de 2,36 pulgadas (6 centímetros), y la temperatura más alta jamás registrada fue de 134°F (57,1°C) el 10 de julio, 1913.

Tipos de clima regionales

La forma más común de clasificar los tipos de clima proviene de un científico llamado Wladimir Köppen (1846-1940). Él reconoció que distintos tipos de plantas crecen en diferentes regiones, según el clima. En el año 1900, propuso cinco tipos de clima. Además, cada región tiene subtipos climáticos.

Los climas tropicales tienen altas temperaturas durante todo el año. Estos incluyen bosques pluviosos y los climas de monzón, que tienen una estación húmeda y una estación seca. Por el contrario, los climas secos reciben muy poca lluvia durante todo el año. Estos incluyen los desiertos que registran grandes variaciones de temperatura entre el día y la noche.

Los climas moderados tienen estaciones con inviernos suaves y pueden ser húmedos y lluviosos o secos. Los climas continentales se encuentran entre los climas moderados y los climas polares. Tienen muchas variaciones en sus estaciones con veranos cálidos e inviernos fríos y nevados. Las regiones polares incluyen la tundra y los casquetes polares en los polos norte y sur.

Los océanos tienen un efecto importante en los climas regionales y mundiales debido a que cubren el 70 por ciento de la superficie de la Tierra. Las corrientes oceánicas y las corrientes de viento afectan el ciclo del agua y mueven la energía del Sol desde el ecuador hacia el resto del mundo.

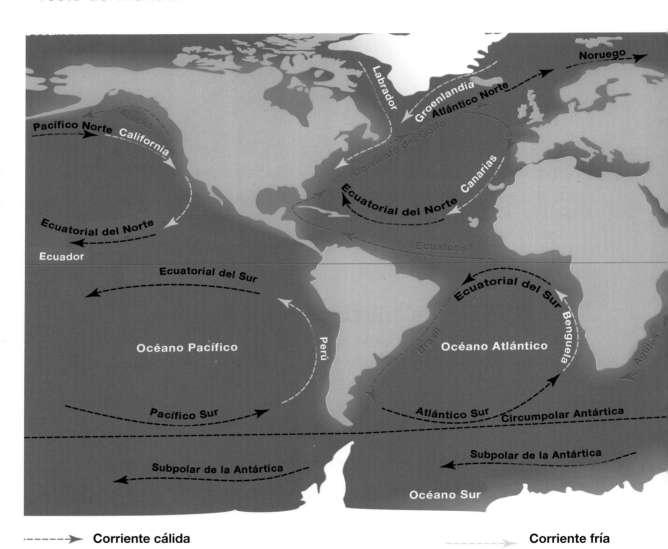

------> Corriente cálida   -----> Corriente fría

El terreno y la elevación de un área también afectan su clima. A pesar de que el ecuador pasa a través de Ecuador, solamente la mitad de ese país tiene un clima tropical. La alta elevación de las montañas de los Andes en Ecuador crea climas mucho más fríos en estas áreas.

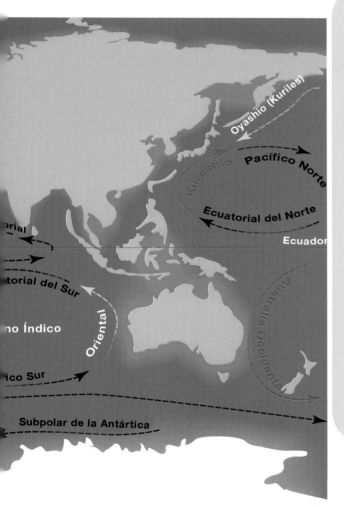

Corriente neutral

El Monte Kilimanjaro

La mayoría de las áreas tienen un solo clima, pero cuando escalas el monte Kilimanjaro, la montaña más alta de África, pasas a través de cinco zonas climáticas diferentes. La base de la montaña está rodeada de tierras de cultivo y a medida que asciendes los primeros 9.000 pies (2.800 metros), da paso a un bosque tropical. Después encuentras brezos y páramos, con plantas dispersas, arbustos pequeños, y árboles cubiertos de musgo. Cerca de los 13.000 pies (4.000 metros), entras en el desierto alpino seco, con días cálidos y noches heladas. La última zona es la Zona del Ártico, casi sin vida y cubierta de nieve, desde aproximadamente 16.500 pies (5.000 metros) a la cumbre a 19.341 pies (5.895 metros).

El cambio climático

Con el tiempo, el clima cambia. Durante los períodos de frío extremo en el historia de la Tierra, la mayor parte de lo que hoy en día es tierra estaba cubierta de glaciares y capas de hielo. Al calentarse la Tierra, el hielo se derritió y causó inundaciones. Los animales y las plantas tuvieron que adaptarse a estos cambios en el clima.

La actividad humana y el cambio climático

La forma más significativa en que las personas causan el cambio climático es aumentando la concentración de los gases de efecto invernadero en la atmósfera. Estos gases absorben el calor del Sol y mantienen al planeta caliente. Estos incluyen el dióxido de carbono, el metano y el óxido nitroso. Cuando estos gases se acumulan en la atmósfera, la Tierra se calienta gradualmente. La quema de combustibles fósiles, como el petróleo, el carbón y el gas natural, aumenta el dióxido de carbono en la atmósfera. Criar animales para consumir su carne, aumenta el metano que se emite, y la tala de bosques reduce el número de árboles que recoge el dióxido de carbono de la atmósfera y lo convierte en oxígeno.

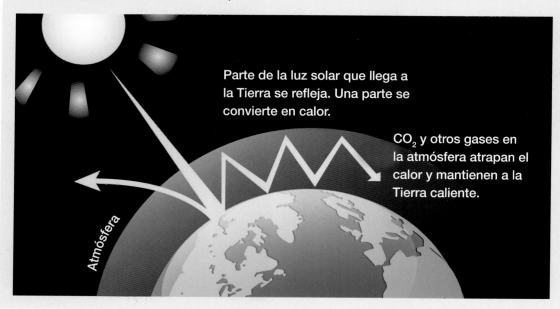

Parte de la luz solar que llega a la Tierra se refleja. Una parte se convierte en calor.

CO_2 y otros gases en la atmósfera atrapan el calor y mantienen a la Tierra caliente.

Atmósfera

Los científicos aprenden sobre los climas del pasado mediante el estudio de los anillos de los árboles, las capas de sedimento en la superficie terrestre, y las muestras de hielo congelado durante muchos años. Han aprendido que varios factores naturales pueden causar el cambio climático. Durante los últimos millones de años, en ciclos de 100.000 años, cambios ligeros en la órbita e inclinación de la Tierra hicieron que capas de hielo crecieran y se achicaran. Durante millones de años, los movimientos de las placas tectónicas de la Tierra y los cambios en la energía solar han afectado las corrientes oceánicas y han cambiado el clima. Las grandes erupciones volcánicas también pueden por algunos años cambiar el tiempo a escala mundial.

La erupción en 2010 del volcán Eyjafjallajökull en Islandia, arrojó cenizas en la atmósfera durante varios meses.

Cada anillo de un árbol representa un año y tendrá un espesor diferente y otras características dependiendo de las condiciones atmosféricas de ese año.

43

Las personas también contribuyen a los cambios en el clima. De hecho, el clima se está calentando más rápido ahora que en los últimos 10.000 años. La temperatura promedio en todo el mundo aumentó alrededor de 1,8 grados Fahrenheit (1 grado Celsius) durante el siglo XX. La mayoría de los científicos creen que las actividades humanas juegan el papel más importante en este calentamiento y que la temperatura global continuará aumentando a un ritmo más rápido. Eso significa que sólo las personas pueden hacer cambios para frenar este proceso.

Glaciar de roca en el Parque Nacional Glacier, Montana, 1910

Glaciar de roca en el Parque Nacional Glacier, Montana, 2007

¿Qué significa el cambio climático?

El calentamiento global puede crear muchos desafíos. A medida que los casquetes polares se derriten, los niveles del mar se elevan. Los niveles más altos del mar pondrán algunas comunidades costeras en riesgo de inundaciones o pérdidas de playas. El aumento de temperatura también influye en las precipitaciones, los cultivos, el abastecimiento de agua, la salud humana y el funcionamiento de los ecosistemas. Los científicos esperan con este aumento, un clima más severo, como olas de calor, sequías e inundaciones.

Plantas y animales tendrán que adaptarse a los cambios para sobrevivir, y muchas especies probablemente se extinguirán. Frenar o contrarrestar estos cambios climáticos requerirá coordinación entre los habitantes y los países de todo el mundo. Las personas pueden desempeñar un papel pequeño mediante el reciclaje de materiales, utilizando menos agua y electricidad, y conduciendo menos. Líderes de todo el mundo están trabajando en equipo para encontrar maneras de frenar el calentamiento global.

Algunas personas viven lo suficientemente cerca de su trabajo para viajar en bicicleta en vez de usar el automóvil. Viajar en bicicleta significa menos uso de petróleo y menos dióxido de carbono en la atmósfera.

Glosario

atmósfera: la mezcla de gases que rodea un planeta

condensación: el cambio de un gas o vapor a su forma líquida

convección: la circulación de calor a través de líquidos y gases

ecuador: una línea imaginaria alrededor de la mitad de la Tierra que está a la misma distancia de los polos norte y sur

gravedad: la fuerza que atrae las cosas hacia el centro de la Tierra y evita que floten

hemisferio: la mitad de un objeto redondo, especialmente de la Tierra

humedad: la cantidad de vapor de agua en el aire

impulso: la fuerza o la velocidad que algo gana cuando se está moviendo

mareas: el cambio constante en el nivel del mar causado por el tirón del Sol y la Luna sobre la Tierra

meteorología: el estudio de la atmósfera terrestre, especialmente en relación con el clima y el tiempo

precipitación: la caída de agua del cielo en forma de lluvia, aguanieve, granizo o nieve

presión atmosférica: la densidad o el peso del aire, que es mayor mientras más cerca de la Tierra

radiación: emitir energía en forma de luz o calor

satélite: nave espacial que está en órbita alrededor de la Tierra, la Luna, u otro cuerpo celeste

temperatura: el grado de calor o frío en algo, por lo general medida con un termómetro

Índice

Demuestra lo que sabes

1. ¿Cómo la Tierra y el Sol causan las estaciones?
2. ¿Qué causa el viento?
3. ¿Cómo predicen los científicos el tiempo?
4. ¿Cuál es la diferencia entre el tiempo y el clima?
5. ¿Qué está causando el cambio climático y qué pueden hacer los seres humanos al respecto?

Sitios para visitar en la red

pmm.nasa.gov/education/

www.noaa.gov/

virtualskies.arc.nasa.gov/weather/index.html

Sobre la autora

Tara Haelle pasó gran parte de su juventud explorando arroyos y bosques y leyendo. Sus aventuras se hicieron más grandes y emocionantes cuando de adulta comenzó a viajar por todo el mundo: nadó con tiburones, escaló el Monte Kilimanjaro y exploró la Amazonía. Estudió fotoperiodismo en la Universidad de Texas en Austin para seguir aprendiendo sobre el mundo a través de entrevistas con científicos y para escribir sobre sus trabajos. Actualmente vive en el centro de Illinois con su marido y sus dos hijos. Puedes aprender más sobre ella en su página web: www.tarahaelle.net.

¡Conoce a la autora!
www.meetREMauthors.com

www.rourkeeducationalmedia.com

PHOTO CREDITS: Cover: Fall Trees© Botond Horvath, background clouds © MidoSemsem, moons © oriontrail, Earth © MarcelClemens; page 4 © Alessandro Colle, page 5 © Naskies; page 6 © Milagli, page 7 © Mike Vande Ven Jr; page 8 © pockygallery, page 9 © BlueRingMedia; page 10-11 © Lenka_X, page 11 © BlueRingMedia, page 12-13 © © Somchai Som, page 12 inset © S.Borisov; page 14 © Designua, page 15 bottom © Anders Persson; page 16 © Andy Cash, page 16-17 © Francesco Carucci; page 18-19 © Valery Bareta, page 18 inset © peresanz, page 19 © noaa; page 20-21 © jakelv7500, page 22 © Artur Synenko; page 24 © Andrey Armyagov, page 25 both photos © noaa; page 26-27 © valdezrl, page 27 cold front diagram © Designua; page 28 inset © Christian Bertrand, page 28-29 © Circumnavigation, page 30-31 © FashionStock.com, page 31 © Narongsak Nagadhana; page 32 © Harvepino, page 33 © Dave Weaver; page 34 © solarseven, page 35 © Dan Craggs; page 36 © ventdusud, page 37 © Smit; page 38 © Dmstudio | Dreamstime.com, page 39 © Vezzani Photography; page 40 map © Designua, page 41 © Andrzej Kubik; page 43 volcano © K.Narloch-Liberra, tree rings © Sergieiev; page 44 top © courtesy GNP Archives, bottom © Blase Reardon (USGS), page 45 cyclists © connel, recycling bins © gnohz

Edited by: Keli Sipperley
Translated by: Dr. Arnhilda Badía
Cover and Interior design by: Nicola Stratford   www.nicolastratford.com

Library of Congress PCN Data

Las estaciones, las mareas y las fases lunares / Tara Haelle
(Exploremos las Ciencias)
 ISBN 978-1-68342-114-6 (hard cover)
 ISBN 978-1-68342-115-3 (soft cover)
 ISBN 978-1-68342-116-0 (e-Book)
Library of Congress Control Number: 2016946735

Also Available as:
ROURKE'S
e-Books

Printed in the United States of America, North Mankato, Minnesota